Bornstein, Ruth.
Gorilita

98-0501

PERMA-BOUND.

DATE DUE			

Gorilita

Escrito e ilustrado por RUTH BORNSTEIN
Traducido por Argentina Palacios

SCHOLASTIC INC.
New York Toronto London Auckland Sydney

ISBN 0-590-12086-7

15 14 13 12 11 10 9 8 7 6   6 7 8 9/9 0/0

Printed in the U.S.A.   08

A Harry, un papá gorila simpático

Había una vez un gorilita a quien todo el mundo quería.

Su mamá lo quería.

Su papá lo quería.

Sus abuelitos y sus tíos lo querían.

Desde el día que nació,
todo el mundo quiso a Gorilita.

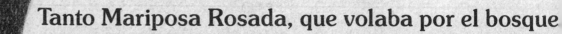

Tanto Mariposa Rosada, que volaba por el bosque

como Loro Verde en su rama
y Mona Roja en su árbol,
todos querían a Gorilita.

Hasta Gran Boa creía que Gorilita era simpático.

Jirafa, que caminaba muy erguida por el bosque,
siempre estaba dispuesta a ayudarle.

Elefante Joven y Elefante Viejo también jugaban con él.

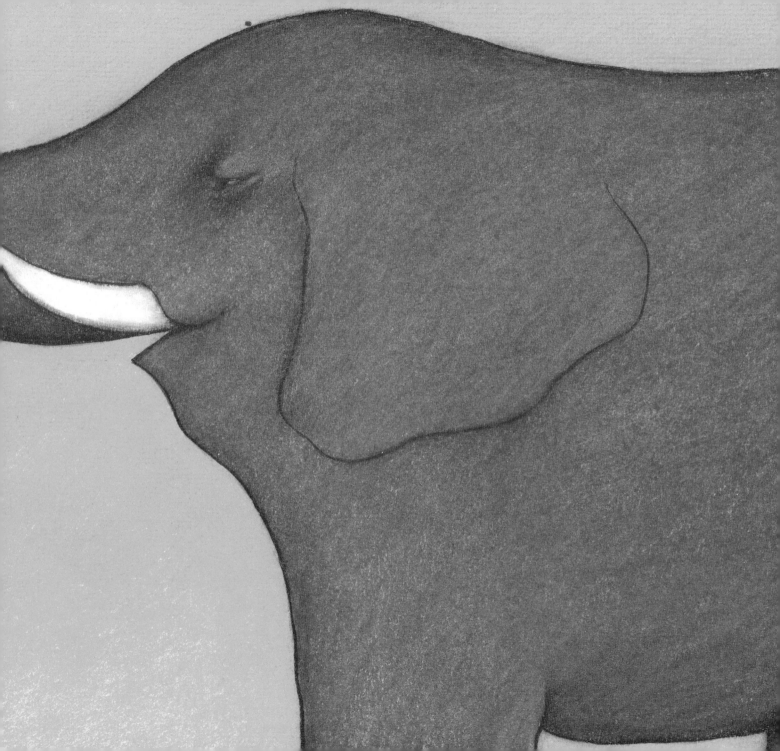

A Gorilita le encantaba el rugido de León.

Doña Hipopótamo lo quería mucho.
Lo llevaba a pasear donde él quería.

¡Casi todo el mundo del gran bosque verde
quería a Gorilita! Entonces sucedió, que un día…

Gorilita empezó a crecer

y a crecer

y a crec

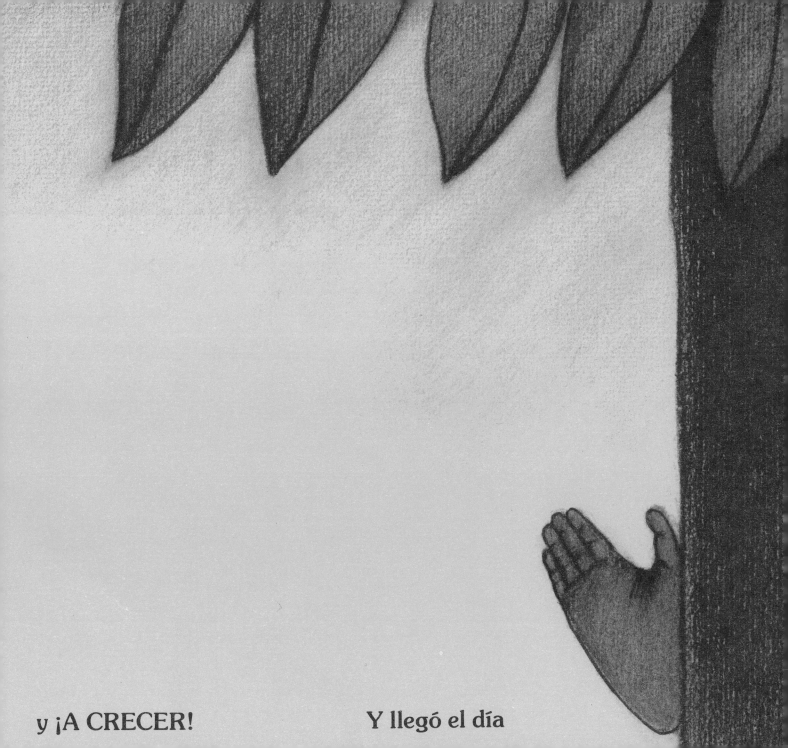

y ¡A CRECER!   Y llegó el día

en que Gorilita se convirtió
en un gorila ¡GRANDE!

Y todos fueron a buscar

y todos juntos le cantaron:

"¡Feliz cumpleaños, Gorilita!"

Y todos aún lo querían.